REPONSE A L'ÉPITRE DU DIABLE,

PAR MONSIEUR

DE VOLTAIRE

COMTE DE TOURNAY,

PRÉS GENÉVE.

AUX DÉLICES.

1761.

REPONSE

A

L'ÉPITRE

DU DIABLE

A

VOLTAIRE.

Des lieux profonds, où régnent les ténébres,
Diable, aujourd'hui tu ſors donc pour rimer,
Et ne crains point de blaſphêmer
Contre l'Auteur des ouvrages célébres!
Toi, des Enfers Souverain, à bon titre,
Voici la Réponſe à l'infernale Epître,
Que poliment à moi Tu fis dreſſer.
Or, tu n'es pas le ſeul, à qui ma lire
Dans tous les tems plut tellement,
Que je reçus maint compliment
Des premiers de plus d'un Empire.
Mais j'avoûrai de bonne foi,
Que me paſſant plus que des cornes,
Tu peux, bien plus Diable que moi,

De ton Païs plus loin porter les bornës.
N'importe ton horreur pour Manés & Socin,
Ni pour le Défroqué, qui soupira pour Borre;
Ni même, si tu veux encore,
Pour tous ces Ennemis du Pontife Romain,
Parmi lesquels se distingua Calvin:
La Messe en outre abhorre.
Mais en Chef d'irréligion,
Extravague à jamais, & sans cesse blasphême....
Je te céde le rang suprême:
Car te le disputer, seroit présomption.
Sans me ranger parmi ces Ennemis,
Qui respectant sur preuves immortelles
Les saintes Loix du peuple circoncis,
Disputent le pouvoir des Ministres fidéles,
De Dieu j'aime la Loi, point ne l'anéantis
Par des interprétations rébelles.
J'abhorre tout sistême
Et qui peut en faire de chancellant;
Je laisse tout dilême
A tout Auteur impertinent.
Je hais tout raisonneur brillant,
Qui parle beaucoup, mais sans force;
Et quoique tout plaise au Siécle présent,
Je veux du fond, & méprise l'écorce.
Mon soin n'est pas, emploiant broderie,
De faire passer mes Ecrits
A la faveur du coloris;
Et mon sententieux jargon,
S'il est assaisonné de quelque rogaton,

N'ose-

N'oſeroit s'embellir de vieille friperie.
Si je ſuis Hiſtorien, ou que Philoſophie,
Politique profonde, auſſi Géométrie
M'occupent, ni Flamands, ni Brétons, ni Germains
Me ſont d'aucun ſecours. Je laiſſe Mandarins,
Habitans du Congo & de l'Abyſſinie,
Tout ami de Théologie,
Enſorte que jamais mon cerveau n'eſt brulé,
Quoique dans mes Ecrits tout ſoit accumulé.
Je ſuis la nuit le même que le jour...
Socrate ni *Pyrrhon* ne changent ma nature.
Sans imiter *Zénon*, je déteſte *Epicure*;
Et fais mes vers ſans conſulter la Cour.
En chantant les François ſur l'épique fanfare,
Chacun avec tranſport applaudit à mes ſons;
Et prenant le ton de Pindare,
Avec la même joie on écoute mes tons.
Mes vers, où n'eſt aucun ſcandale,
Doivent à leur douceur toute célébrité;
Et ſi Satan veut parler vérité,
Il avoûra ces Vers exempts d'impiété,
Puiſqu'ils n'ont été mis ſur enclume infernale.
Jamais dans mes ouvrages
Je raſſurai Mondain, ni flattai ſes panchans;
Et j'euſſe dédaigné les plus flatteurs ſuffrages,
S'il eût fallu détruire, ou rendre ridicules
Des vérités, qui combattent les ſens;
Et comme Dieu, je chéris ſes enfans,
Et ne voudrois faire des incrédules.
Je ſçais, qu'en Angleterre

 Maint

Maint Sage estima mon sçavoir ;
Et si toûjours je craignis le tonerre,
Non, jamais mon succès ne passa mon espoir ;
Et sans cesse suivant les régles du devoir,
Jamais on ne vit mon génie,
De la Réligion renversant le pouvoir,
Contre elle soulever injuste tirannie.
Je respectai la Foi dans tous les tems ;
Docile, j'adorai la divine Ecriture ;
Et jamais à mes yeux l'Auteur de la Nature
Ne fut un Monarque en peinture.
Lui, qui soutient les bons, qui fait peur aux méchans,
J'ai sçu le distinguer de ces Rois paresseux,
(Si tels on vit jamais dans nos fastes antiques)
Qui, peu touchés des miseres publiques,
Se livroient sans rémord aux festins comme aux jeux,
Et vivoient seulement pour eux.
Donnerois-je à ce Dieu pour Maire du Palais
Le Destin, qui voudroit tout régler à sa mode ;
Et faudroit-il hélas! qu'inutile Pagode,
Je le crusse sans soin, pour me l'offrir en paix ?
Comme toûjours j'espére de lui plaire,
Jamais aussi ne vais-je le fâcher ;
Et sans vouloir follement m'enticher,
Je veux, en sage titulaire,
Que toute juste affaire
A propos sçache me toucher.
Quiconque, comme moi, tâche de réclamer
De ce Dieu l'active puissance,
Comme moi, peut aussi compter sur sa clémence.

Mais

Mais plus heureux encor, qui met sa complaisance
A le craindre & l'aimer,
Surtout s'il ne sçait pas ce que c'est qu'entamer
Ni ses droits, ni son existence;
Et si l'esprit, sur fausse conséquence,
N'admet légérement
Encore plus faux argument,
Mon cœur envain à la licence
A chaque pas trouve encouragement,
D'autrui je laisse la substance,
Et n'oserois trahir la confiance,
De qui me parle imprudemment.
Jamais mes mains pour filles de Cythére
N'ont embelli serails en brocards, en satin,
En tableaux de Boucher, en vernis de Martin;
Et comme en aucun lieu l'on connut dans Voltaire
Pour l'homme malheureux des entrailles d'airain,
Mais un cœur tendrement touché de sa misere,
Partout aussi j'aimais la veuve & l'orphelin.
Chez moi, jamais à l'abondance
Le luxe servit d'instrument;
Et molle complaisance
Ne me fit accepter honteux délassement.
A mes yeux la vertu n'est orgueil, ni folie...
La chercher, la cherir, c'est prendre juste essor
Et comme elle est l'ornement de ma vie,
Elle sera mon espoir à la mort.
Qui sçait, dans la saison des ris & des amours,
Faire du tems un bon usage;
Et qui, persuadé de son rapide cours,

Utilement sçait emploier ses jours,
Sans commettre forfait pendant tout son passage,
Est mon Héros: mais qui, du seul plaisir
Se faisant une loi, sans craindre l'avenir,
Ose penser, par perverse méthode,
Qu'au gré de ses desirs toûjours tout soit permis,
Est insensé, si l'on veut mon avis,
Quoique penser ainsi soit chose très commode...
Mais qui croira jamais, que tous ces beaux Esprits,
Qui brillent à Berlin, à Londres, à Paris,
M'auroient nommé, pour quelques Rapsodies,
Le Patriarche des Impies?
Puisqu'ils sont du très-Haut les puissans ennemis,
Et qu'ils ne veulent pas, que l'on croie en son Fils?
Chez toi, ce choix envain fut admis en chapitre:
Mais, pour le démentir, jamais je n'eus ce titre.
Qui sçait dans ses Ecrits s'élever contre Dieu
Excita mon mépris en tout tems, en tout lieu;
Et si par grand malheur la Nation Mortelle
Fit croître de moitié ton séjour florissant,
A d'autres sois reconnoissant.
Moi je n'en suis le Chef, ni même le modéle;
Et quoique dans les lieux, qu'habitent les Badauds,
Soit un peuple volage,
Qui sçait plus aisément, en faveur du langage,
Saisir les préceptes moraux,
Ne fonde point sur moi ton plus noble héritage.
Mais qu'importe que Clerc, Commis, Facteur, Poupon
Avec son rabat de linon,
Ou qu'autres, sécondant leur Tragicomanie,

Comme

Comme toi, sans succès grimpent sur l'Hélicon;
Et que du bel Esprit ils briguent l'écusson,
Si de dogmes certains aiant tête farcie,
Ils suivent à propos la doctrine chérie?
Mais renvoier au Vulgaire ignorant
Un Culte, qui jamais ne fut indifférent;
Et confondant Bramin avec le Catholique,
Ce Culte régarder comme vaine pratique,
Diable seul peut l'oser: mais lorsqu'avec fureur
Attaquant le dehors du sacré Ministére,
L'on veut contre la foi d'un antique Mistére
Toûjours dogmatiser, c'est en Réformateur
D'un légitime aveu dispenser le pécheur.
Que richesses partout enorgueillissent Moines;
Que pompe suive Evêque, & bien-être Chanoines,
Au Diable seul profitent ces abus.
Mais comment Capucins, Recolets & grands-Carmes,
Et tant d'autres Réclus,
S'ils étoient mariés, calmeroient les allarmes?
Qu'âme aussi d'un colimaçon
Périsse, ou croisse à l'unisson,
S'ensuit-il que l'étui vaille autant que la lame?
Et que qui fait l'analise de l'âme,
Est Esprit fort, lascif, glouton?
D'un insensé tel est le Catéchisme;
Et plus fol est encor, qui le dit à Paris.
Si quelquefois dans mes Ecrits
Je pris parti pour le Papisme,
Tu sçus, pour enfler tes impôts,
Fertiliser par tes travaux

Le noir rivage,
Qui par mes soins ne te rend d'avantage;
Sans mon secours, pour péchés capitaux
Te vient Damné de tout étage,
Tu en reçois de friands manivaux,
Tout est à Toi, Richards, ainsi que leur luxure,
Leur avarice & leur usure,
Comme tous intriguans & tous appareilleurs
Et coquins de toutes couleurs.....
N'espére donc rien de mon zéle:
Mais que tes bons desseins
Te conservent l'appui généreux & fidéle
Des Bayles & des Arétins.
Qu'Uranie, qu'on dit œuvre immortelle,
Et Religion Naturelle
Rendent jaloux les plus fiers Ecrivains;
Diable voudroit seul en être le pére
Comme de l'Epître légére,
Où l'on voit la Grace de Jesus-Christ
Comme les trois Graces d'Homére
Par anti-these être en conflit.
Sur qui Pucelle incomparable,
(Autre livre admirable,
Qui de l'Auteur constatant le sçavoir,
Comble sa gloire & son espoir)
Peut faire impression? Qui voudroit convénir,
Que l'on dût applaudir
Aux tableaux, aux blasphêmes
Des Intelligences Suprêmes?
Trop fertile en ordure,

Jamais

Jamais Ecrit pervers
Ne pourra surpasser par cynique peinture
Celui du Diable des Enfers;
Mais jamais planant dans les nuës,
Je voudrois saisir le moment,
De te marquer contentement
Sur le Livre charmant
Des rimes dissolues.
Envain tes intérêts
Voudroient, que dans le Monde
On te servit avec succès,
De loin, ta demeure profonde
M'apprendra tes forfaits;
Et si toûjours grande réssource
Tu peux trouver chez les Vivans,
Bien moins après ma course,
Je craindrai tes gouffres brulans;
Et si jamais dans tes cantons
Ma vue te console,
Je consens, que Démons,
Vénant à mon école,
Y prennent mes leçons.
Mais comment, Archange rébelle,
Te cédant un rang dû,
Pourras-tu me fêter de ta braise éternelle,
Quand je serai le bien-venu
Dans ce beau lieu,
Où tous les Sages,
Amis de Dieu,
Vanteront mes ouvrages?

Ainsi que filles à talens
Qui faisant sur la scene
Triompher Melpomene,
Et vendant leur printemps,
Viennent, malgré saint-Côme,
A pas précipités dans ton sombre Roïaume?
N'importe, que Bigot, d'un commun cimétiere,
Ait réfusé l'honneur
A la Deésse pouliniére,
Connue sous le nom de le Couvreur,
Elle, qui s'attira l'encens le plus flateur?
N'importe, que chez toi, par un geste animé
Et récit plein de charmes,
L'on sente mieux les tragiques allarmes,
Et que feu toûjours allumé
Fasse verser bien plus de larmes?
Jamais luira le jour,
Où, descendant dans ton sejour,
Il faudra qu'en ta Cour
Ton allegresse se deploie,
En préparant des feux de joie
Et plus superbe hôtel.
Mais dans le séjour des délices
J'obtiendrai répos éternel;
Et jamais lacs étincelans,
Ni Rochers fulminans,
Ni vastes précipices,
Ni gouffres mugissans
M'attraperont au gré de tes caprices.
De la ville, où toûjours l'on respecta Calvin,

J'aime la perſpective,
Et légue l'infernale rive
A tout ſot Ecrivain.
Quoique l'ombre, la plus avare,
Qui peut faire que ton déſir,
Dans le fond du Tenare,
Ne puiſſe s'aſſouvir
Par cet Or, que ta main prépare?
Quoique vers le terme fatal
Ma vieilleſſe me précipite,
Le Diable envain m'invite,
Ainſi que lui, de faire mal.
Vis en Athée, & meurs en chien,
Et jusqu'au bout agis par bienſéance,
Pour moi j'ai toute l'eſperance
D'un éclairé Chrétien.
Tu ſçus braver les Cieux,
Et blasphémant faire naufrage;
Et jamais l'âge
Ne t'empecha d'être audacieux.
Benêt De la Fontaine
Put mourir lâchement,
Et l'objet de ma haine
Expirer ſaintement:
Mais jamais ſur la ſcène
Laiſſant indigne monument,
Comme un poltron Normand,
De repentir ne ferai teſtament.
Non, des craintes ſubites
Ne me ſaiſiront au trépas,

Et jamais ſur mes pas
Ne voleront des Bandes interdites;
Et ſi crainte ſe communique,
Ne crains pas, ton Rival point ne triompheroit;
Et le parti philoſophique
Aucun coup ne te porteroit,
Ni perſonne s'allarmeroit.
Réſiſte à la clémence
D'un Dieu, qui voudroit pardonner;
Et ſçache te déterminer
A ne venir jamais à la reſipiſcence,
Car vingt mille ans de pénitence
Ne pourroient lui faire oublier
L'éternelle vengeance,
Qui ne peut avec lui te réconcilier.
Le cœur, muni d'une triple cuiraſſe,
Brave tous ſes éfforts;
Et s'il ménace,
Etoufe tes rémords,
Et mépriſe ſa Grace;
Et pour ton bien
Reſte, où le Deſtin te confine,
Et ne crains la doctrine
Du Culte Auſonien.
Dans mille ans les mêmes Côteaux
Seront ton héritage;
Et ton rivage,
Comme tes arſenaux,
Sans faire un Sage,
Verront pluſieurs Heros.

Comme les cendres de Virgile
Précipitoient la foule aux bords Napolitains,
De même plusieurs Ecrivains,
Qui vainement consultent la Sibille,
Iront te voir dans ton azile,
Sans redouter les antres souterrains.
Sans jaloux dans ton hermitage,
Oui, depuis longtems tes esprits,
Usés & décrépits,
Contre toi, de tout âge
Soulevent de grands ennemis.
Esperant tout du fanatisme,
Sans t'arrêter à des livres fameux,
Qu'ont produit, comme toi, des insectes poudreux,
Ne cesse ni blasphême ni sophisme,
Je te promets un mépris généreux.
Que dans le plus profond silence,
L'on voie à tes génoux
Tous ces cuistres jaloux,
Pleins d'orgueil dans leur ignorance,
Le Pinde, comme l'Univers,
Sans craindre tes travers,
Ne pourra sans folie
Imiter les écarts de ton foible génie.
Mais renversant tout à la fois
De Christ les Temples & les Loix,
Fais par tes travaux mémorables,
Que mensonge & les fables,
Comme de fougueux Diables,
Sément le bruit de tes exploits.

FIN.

www.ingramcontent.com/pod-product-compliance
Lightning Source LLC
LaVergne TN
LVHW010343230826
846091LV00009B/4010